회전교차로

시와소금 시인선 · 168

회전교차로

ⓒ김영철 사진 시조집, 2024. printed in seoul, Korea

초판 1쇄 인쇄 2024년 06월 20일
초판 1쇄 발행 2024년 06월 25일

지은이 | 김영철
펴낸이 | 임세한
책임편집 | 임동윤
디자인 | 유재미 정지은

펴낸 곳 | 시와소금
등록 | 2014년 01월 28일 제424호
주소 | 강원도 춘천시 충혼길20번길 4 (우-24436)
편집·인쇄 | 주식회사 정문프린팅
전자주소 | sisogum@hanmail.net
구입문의 | ☎ (033)251-1195, 010-5211-1195

ISBN 979-11-6325-078-4 03810

값 14,500원

· 이 책은 강원특별자치도 강원문화재단 후원금으로 발간되었습니다.

시와소금 시인선 · 168

회전교차로

김 영 철
사진 시조집

시와소금

▌ 김영철(金永哲)

- 한중대학교 다문화한국어학과 졸업.
- 계간 《詩하늘》 편집위원 및 운영자. 한국 시조시인협회 상임 자문.
- 한국 동시문학회 회원. 동해 문인협회 지부장 역임. 오늘의시조시인회의 이사.
- 2007년 《자유문예》 시 등단. 2011년 제1회 《한국 동시조》 신인상.
- 2011년 《샘터》 시조 상. 2012년 《시조시학》 시조 등단.
- 공저 『아름다운 동행』 (자유문예, 2007)
- 시조집, 『붉은 감기』 (고요아침, 2012)
- 시조집, 『다문화학개론』 (시조문학, 2014)
- 시조집, 『품고 싶은 그대 詩여! 안기고 싶은 동해시여!』 (시선사, 2019)
  (강원문화재단 창작 지원금, 제21회 최인희 문학상 수상집)

- 동시조집, 『마음 한 장, 생각 한 겹』 (황금알, 2015) (강원문화재단 창작 지원금)
- 동시조집, 『비 온 뒤 숲속 약국』 (시선사, 2017) (강원문화재단 창작 지원금)
- 동시조집, 『화장실 현무암』 (시와소금, 2021) (강원문화재단 창작 지원금)

- 가곡 작시 〈붉은 감기〉 (작곡 : 문원자)
- 동요 노랫말 〈하늘 무늬 구름 그네〉 (작곡 : 서필상)
           〈연못 학교 산골 아이〉 (작곡 : 노순덕)
           〈비 온 뒤 숲속 약국〉 (작곡 : 유지원)
           〈바닷가 모래밭 노트〉 (작곡 : 신진수)
           〈도란도란 응원가〉 (작곡 : 김우현 외)
- 국악 동요 노랫말 〈바람과 바람〉 (작곡 : 김법동)
             〈그런 안경 없나요?〉 (작곡 : 김춘남)
             〈아름다운 손〉 (작곡 : 김경옥)
             〈귀명창〉 (작곡 : 김춘란 외)

- 이메일 : kyc2594@hanmail.net

또 묻습니다…

부끄럽지 아니한가?

의미는 남는가?

| 차례 |

| 시인의 말 |

가루눈

그녀의 첫
눈물은

촛불처럼 차가웠다

붙을 것도 아니면서,

차라리 앉지나 말지…

찢어진
말(言) 조각들이

사선으로 춤을 춘다

가을 감기

1

햇살과 행간 사이 바람과 여백 사이
붉은데 차가운지 아직 덜 여문 건지

신열로 달뜨는 곳간
퇴고 중인 석류 시편

2

손흥민 골을 보고 잠은 놓친 달콤한 밤
떼로 모인 풀벌레들이 연신 연가를 부른다

받아서 고치는 사이
이미 가을은 짙고 희다

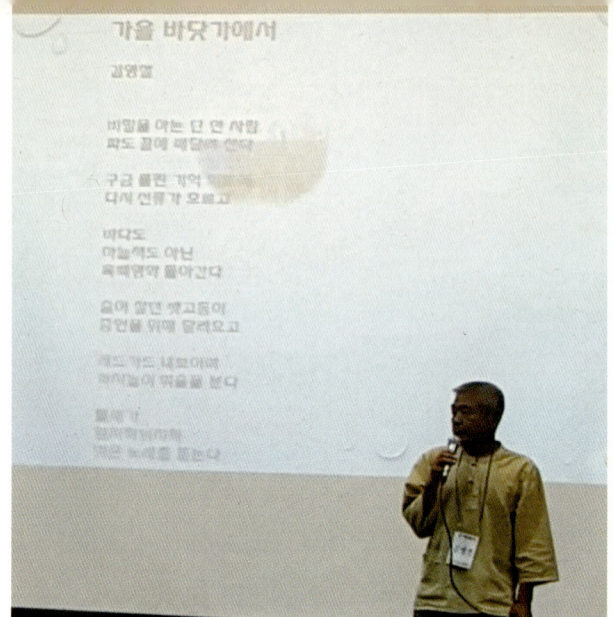

가을 바닷가에서

비밀을 아는 단 한 사람
파도 끝에 매달려 산다

구금 풀린 기억 회로에
다시 전류가 흐르고

바다도
하늘색도 아닌
흑백영화 돌아간다

숨어 살던 뱃고동이
증언을 위해 달려오고

레드카드 내보이며
까치놀이 휘슬을 분다

물새가
엎치락뒤치락
젖은 노래를 뜯는다

갈잎

떠밀리듯 급히 떠나며
흘리고 간 커피색 미소

겨울 입새 벤치 위에
얼룩으로 나뒹군다

여전히
촉촉한 속삭임

깨물수록
쌉쌀하다

곁

1

한곳을 바라보며 오래 함께 걷다 보면
서로가 서로에게 융점이 된다는 뜻
녹아서 바탕이 되고 눈빛 언어 하나 남는

2

절벽과 무의미 사이
생각 않는 바다에서

누더기 된 바람으로
모든 끈 놓으려 할 때

길 트고 의미를 주는
바로 당신 품입니다

개╱나리와 울타리

오줌 밭 싸움질에 사과는 개나 하고
진흙에서 진을 뽑아 철옹성 이어가며
오로지 껌 한 통으로 뒤를 막는 개╱나리야

봄이나 봄이 아닌 살얼음 난장판에

햇살 잘 설 수 있게
햇볕 잘 앉을 수 있게

서로가
등 되어 버티는
개나리나 닮아라

건천

예외 없는 퇴행인가
겨를 없는 신세인가

감성은 얼어 죽고
눈물은 굶어 죽었다

시 한 편
담지 못하는

말라 부르튼
그 가슴

겨울 무릉계곡

바쁜 물엔
소리가 살고

느린 물엔
하늘이 산다

바위 닮은 사람과
잎새 같은 운명 사이

인연은
뒷짐 진 파랑(波浪)

윤슬 눈빛
번득인다

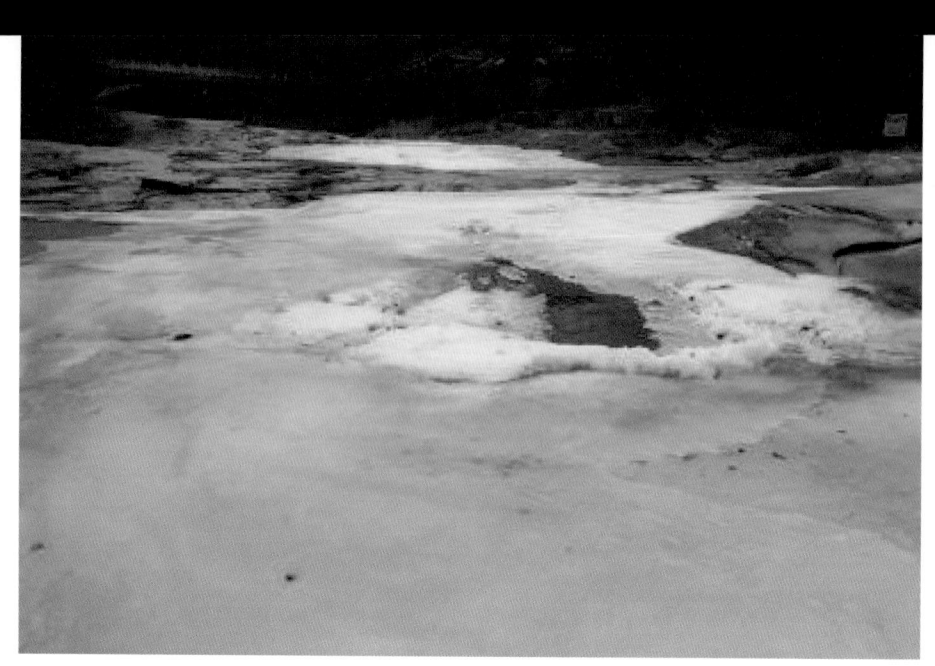

겨울 무릉반석

오랜
흐름을 세워
여백을 메우는 시간

높다 붉다 얽힌 인연
모두 돌려보낸 뒤

창 닫고
말문도 묶고
동안거에 드셨다

경제사범의 형량이 새털 같은 이유

입법하는 오리발들
대부분 동종이다

배불뚝이 완장 역시
그 뿌리의 원천 세포

피눈물
다 태우고도

응징 없는
백성 탓이다

관점

빵을 나눈 사람에겐 아름다운 새소리여도
마뜩잖은 사람에겐 문제아의 소음이다
주관은 착시를 세워 여러 객관을 덮는다

파란 길이 대로일까 빨간 옷이 따뜻할까
쉬이 물드는 흰색이나 모두 모은 회색이나
상황이 빛을 만들고 볕이 편을 가른다

있다와 없다 사이 그르다와 옳다의 틈
생각은 성찰을 낳고 의문 따라 길을 낸다
뒤집어 여백을 살피는 시인의 눈은 깔끔한가

교정(校訂)과 교정(矯正)

완장들은 날마다 '국민들'이라 외치고
TV는 자막으로 '국민'이라 고쳐 쓴다
제 뜻도 알지 못하고 팔아먹는 말 장수

틀어진 틀 바로 잡고 나라 위해 써야 할 힘
사명은 어디 보내고 사익에만 춤추는지
줄 찾고 팥고물만 좇는 초고(草稿) 교정 대상자

부릅뜨고 잘 살다가 때 되면 길을 잃는
누가 누굴 탓하랴, 시력 나쁜 백성 탓인걸
까불러 잘 골라야 할 쭉정이 같은 배지들

그것이 알고 싶다

국고는 영양실조에 기침 한 번 못 하는데
가진 게 너무 많아 완장을 차게 됐는지
완장을 차고 나니까 금세 임산부 됐는지

굽실거릴 때마다 애드벌룬 마구 띄우며
정승 자리 오를 때쯤 모든 이가 새빨간데
똑 닮은 줄줄이 사탕은 어디에서 만드는지

본받아야 할 신사임당 음료 상자에 질식시켜
던진 자도 받은 자도 파울 볼을 주장하는데
주심은 부심을 불러놓고 관중을 가리키는지

그녀는 오늘 밤에도 내게 오지 않는다

아무 때나 생각나면 기별 없이 온다기에
산으로 강변으로 바다로 달려 보지만
시 씨는 오늘 밤에도 내게 오지 않는다

물컵에 기차를 담고 찻잔에 배를 담아
달 오리고 별 붙이며 하얀 속을 끓이지만
시 알은 새벽이 되어도 끝내 오지 않는다

그런 당신

별로 꼰 줄을 매면 함께 앉는 그네 되고

받침대 하나 놓으면 마주 보는 시소 되어

밤새껏 말 다 들어주는 사랑스러운 조각달

글꾼 2

촛불이 더 귀한 것은 먹먹한 주위 때문

누군가의 빛이 되고
한 사람의 길이 되는

결 고운 향기로 피었다
촛농으로 남을 은유

개나리 봄병 앓듯
오동잎 가을 앓듯

내일 없이 숨어 우는 작고 낮은 눈빛 위해

별 모아
삭이고 녹인
향초 되어 다가가리

꽃값

속도위반 과태료
통지서가 억울해도

바람 잃은 이 땅에서
바람을 밟았으니

오송도 이태원도
기본이 없어 울었다

기꺼이
바쳐야 할 세금
기분 좋게 낼 일이다

뒤돌면 까마귀로
국고만 축내는 자

대신에
내는 꽃값이다
영전에 올리는 국화

나 그대에게 그랬으면 참 좋겠네!

숨어 우는 그늘 안에 한 톨 빛 씨앗이라면!

옥쥔
마음 감옥에 손바닥만 한 창이라면!!

세상에
발 내밀 수 있는 낮고 편한 길이라면!!!

운명의 한 줄 글처럼
뜨거운 한잔 술처럼

선명한 이정표처럼
살가운 보름달처럼

이 한 몸 무엇이 되든지
그랬으면 참 좋겠네

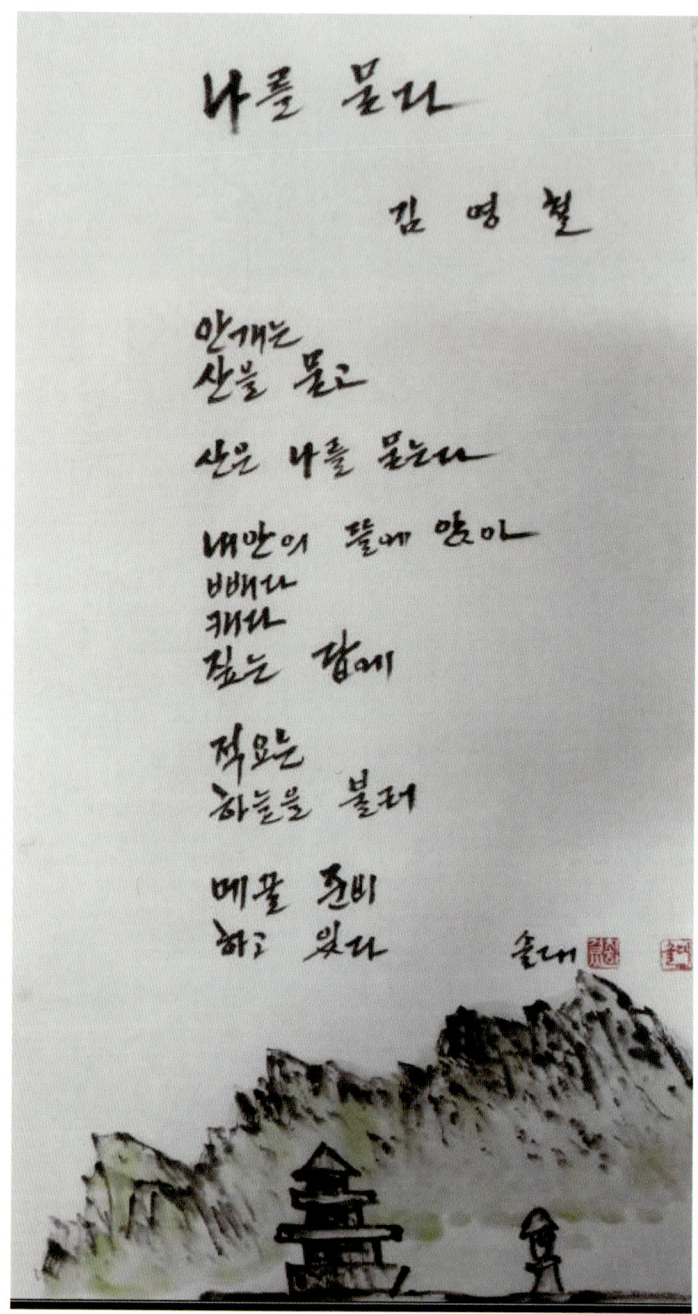

나를 묻다

김 영 철

안개는
산을 묻고

산은 나를 묻는다

내안의 들에 앉아
빼다
캐다
잡는 탓에

적요는
하늘을 불러

메꿀 준비
하고 있다

솔대

시화 : 최한결

낙타는 왜 눈이 슬픈가

모래 썰매 무리 위로 비행기 지나간다
거품 문 전갈처럼 또 한 고개 버텨내고
꿈꾸는 직립의 세상은 거꾸로 눈에 선다

달릴 수 없는 세상에선 사람이 사막이다
감당 못 할 눈빛들 따가운 등에 지고
요행도 예외도 없이 앞으로만 가는 길

얼마를 더 녹여야만 옆으로라도 발 뻗을까
어둠이 낳은 어둠 안에 억지 잠을 청하다
별빛을 이정표 삼아 다시 새벽을 열며 간다

사진 : 박종천

낮은 목소리 2

지그시
두 눈 감은
스님처럼, 신부님처럼

물의 귀는 언제나
낮은 곳으로 향한다

마음은
희고 여리다

말 잘 듣는
바보처럼

다중우주

무지갯빛 이론인가 사는 일도 마찬가지
5차원의 문을 건너 딴 세상의 나를 만나
의미와 무의미를 뺀 꿈의 거리를 걷는다

겹과 겹의 깊은 강에 발도 담그지 못하고
영원을 약속하는 수많은 죄인에게
빅뱅은 출발점일까
블랙홀이 종점일까

우주엔 신이 없고 땅 위엔 눈물이 없다
평행이든 팽창이든 고요 안에 쉬고 싶을 때
스스로 별 되는 것보다 빛을 얻는 상상이다

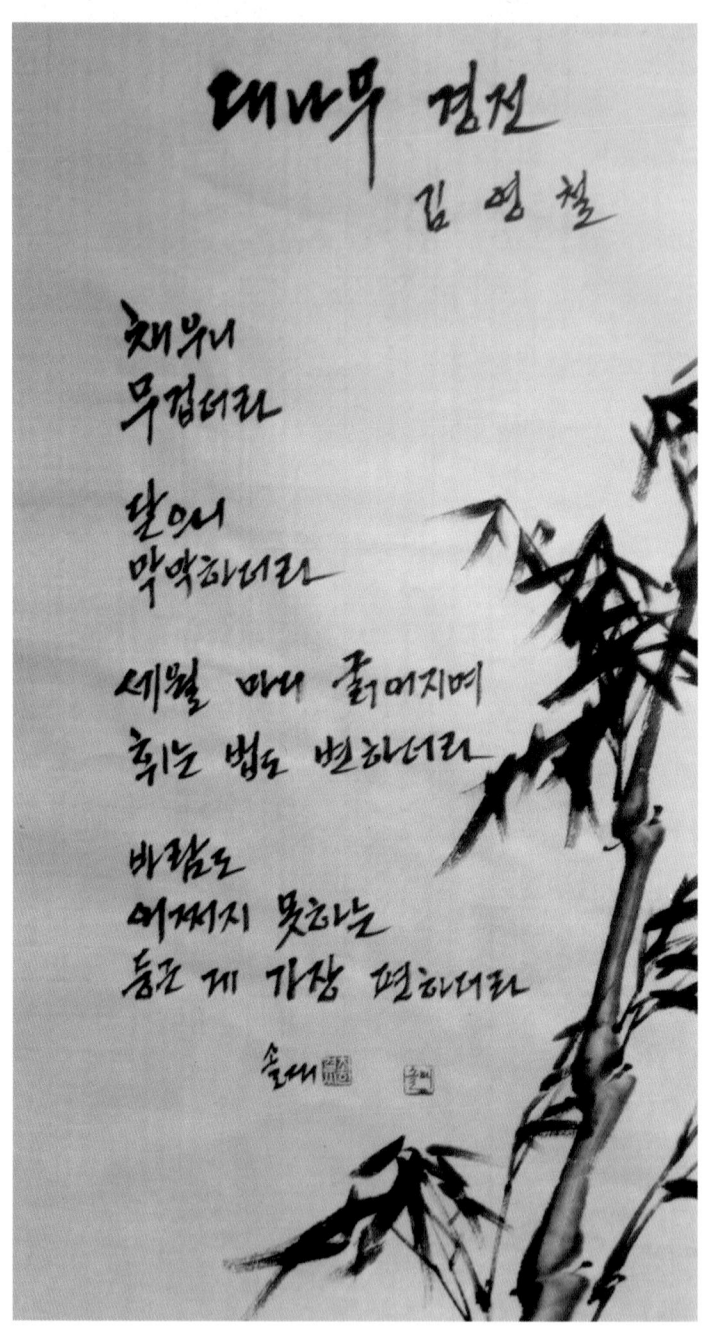

대나무 겅전

김영철

채우니
무겁더라

달으니
막막하더라

세월 따라 굵어지며
휘는 법도 변하더라

바람도
어쩌지 못하는
늙은 게 가장 편하더라

솔내

시화 : 최한결

032

대척점

공간이 시간이고 시간은 공간이다

혜성이 나를 돌고
나는 다시 중심이 된다

생성과
소멸 사이에

물결 하나 흐를 뿐!

독도라는 장독대

몇 세대를 눈에 안고 담장 끝에 턱을 괴고
반만년 코에 익은 주인 손길 기다리나
고요도 소란도 싫은 한반도의 장독대여!

된장 고추장장아찌 핥아대는 섬 원숭이
폭 재고 깊이를 읽다 꼬리 자르는 허리케인
뜨겁고 날 푸른 단죄는 천둥에나 맡겨두고

분노 그만 거두시게 울화 않는 항아리여
비바람 돌아가면 희고 긴 밤 별이 앉고
빛과 볕 모두 좋은 날 금세 오지 않겠는가?

작아서 더 위대하고 멀어서 더 소중한 터
성역 에두른 깃발 아래 팔천만이 횃불 들면
동구 밖 개 짖는 소리 귀에 들 일 있겠는가!

독백(獨白)

잘게 부순 생각들이
파도마다 수북하다

꽃으로 피다 말고
모래밭에 스며들 때

질겨서
뜯지 못한 한 줄

갈매기가 물고 간다

동강할미꽃

술잔을
따르는가

아라리를
부르는가

들었다 났다   그대는
혼 빼는 일   전산옥인가
여전히 그대로인

먼 별에서
돌아온

동산 위에 저 아파트

본디 귀한 꽃씨였지 꽃밭에서 살 거라는
화분 하나 놓을 데 없는 가시 울타리 캡슐에서
한숨만 빗소리에 섞어 홀짝이는 혼술의 밤

일터는 기계가 먹고 사랑은 지갑이 묶고
실낱 하나 주지 않는 내일은 더 먹구름 속
동산도 부동산도 모두 가진 자의 노리개라

품위유지 거품 빼고 씨 뿌리고 흙 일구는
동산 위 저 아파트 살피꽃밭 구석이라도
창 하나 하늘로 있으면 몇 날은 더 살아낼까?!

동해로 가는 열차

누군가 그리울 때
무언가 꼭 쥐고 싶을 때
모두 벗어 뭉개 놓고 무작정 역으로 가
내일로 나는 열차에 몸과 마음 던져 보자

걸어온 날들 같은
구부러진 해안선 따라
풍선만 한 뜻을 품고 갈매기 떼 함께 날고
수평선 긴 레일 위로 못다 띄운 꿈이 달린다

감싸주는 모래와
휘갈기는 파도 너머
아우성 갈앉은 자리 비췻빛 고요 안으로
또 다른 내가 나에게 뜨거운 손 내민다

두타산 베틀바위

하세월 지나도록 비단 세 필 못다 짜고
하늘로 가지 못한 선녀의 옷자락이다
여전히 비경에 빠져 꿈을 펴는 중이다

어머니와 그 어머니가 허벅살 다 드러내놓고
지난한 삶 짜고 말리다 놓고 간 굳은살이다
한 천 년 푹 쉬고 돌아와 다시 앉을 일이다

든바다

하늘이 무너지고 새벽은 사라져도

세상이 뒤바뀌고 사랑 모두 떠나가도

끝까지
손 놓지 않을

바로 당신
어머니

들꽃 마을

생각이 출출할 때
키 작은 네 곁에서

운 한 줄 띄워놓고 회신을 기다린다

향기가 경전 같은데
해독(解讀) 못 할 그 미소

떼춤, 만병통치약

바람이 심상치 않다
물새 떼가 분주하다

바다를 보고 있으나
울렁거리는 거미줄뿐

때아닌 통증과 신열로
머릿속이 겨울이다

스스로 진단하고 처방전을 받아든다
두통, 불면, 해열에도, 희석(稀釋)에도 그만인 약
잔 없이 말벗도 없이 꾸역꾸역 들이킨다

마지막 달력 앞에서

김 영 철

한 발씩 뗄 때마다
허기진 욕심으로

징검돌 열두 개를
어찌 다 건넜을까

디딤과 흔들림 사이
깊이 파인 발자국

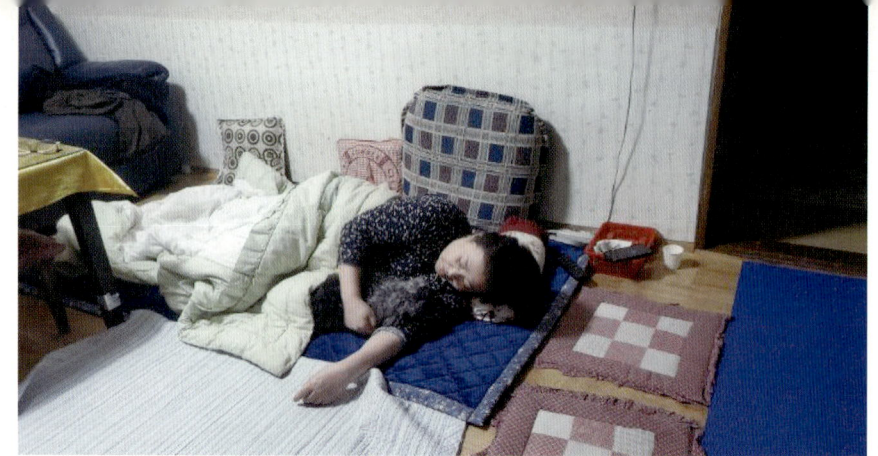

마지막 블루스

먼 길 떠날 아이를 위해 낮은 품을 내민 어미

음 이탈한 자장가를 끝내 마치지 못하고

환생은 부디 말라 하는 작은 기도가 뜨겁다

* 숨이 붙은 모든 것은 너나없이 여행을 간다.
생전에 모자랐던 잠에 드는 꿈길이다.
밤엔 늘 아내 발밑에서 잠을 자던 까만 푸들 '김나리'가
침대에 오르내리는 걸 버거워하자, 아내가 바닥으로 내려왔다.
이틀 지나서 아무도 없는 틈에 고통스러워하던 호흡을 멈추었다.

매미 허물, 읽다 2

긴 어둠을 박차며 소나타 안고 왔으니

세상에 온 사연 담아 교향곡 한 편 남겨야지

악보는
짧으나 굵게

의미는 경건하게!

모서리에도 누군가가 살고 있다

궤도 밖으로 떨어져 보았는가

몸부림칠수록 더 깊어지는 늪 같은

가혹한 모서리에도 누군가는 살고 있다

온도와 조도가 다른 볕과 빛의 시선 끝에

보란 듯 살아 내는 우리의 이웃이 있다

후미진 골목길 계단 오르는 숨이 있다

무릉반석에 묻다

가늠할 수 없는 거리
긴 시간을 먹고 앉아

하늘을
다 알면서도
무표정한 그 얼굴

나직이 길을 묻는다
바다냐고
산이냐고

뜨내기와 붙박이로
잠시 얽힌 사이라서

품 한 번 달라는 말
차마 꺼내지 못하고

못다 쓴
한 줄 기록 끝
물 발자국 묻는다

무릉별유천지에는 별이 살지 않는다

워셔액에도 빗물에도 마음을 열지 않는다
노안도 아닌 것이 간장 종지도 아닌 것이
식초를 대접받아야만 앞을 주는 창이 있다

시멘트 공장 곁에 사는 죄 없는 죗값으로
도적처럼 찾아드는 잿빛 아침을 맞는다
두 눈을 바늘에 찔리고 신열 앓는 나의 애마

전국의 부랑아들 욱여넣은 소성로(燒成爐)엔
소멸하지 않는 혼이 환생이라도 하는 건가
낯짝과 배 둘레 두께가 환경부 닮은 알갱이들

성분 모르는 먼지로 켜켜이 층을 쌓아
구름도 안개도 없는 두타산 무릉계곡에
숨과 쉼, 살 수 있도록 별을 키울 일이다

무제(霧堤) 혹은 무제(無題)

그냥 받아도 되는 쉬운 바다가 아닌데
계절 타는 언어들이 티격태격 파도를 탄다
바람과 바람 사이에 뱃고동이 널을 뛴다

사유(事由) 없는 사유(思惟) 없고
내 일 없이 내일 없다

동트는 풍경 앞에
입술 바짝 트는 것은

기도(祈禱)와 기도(企圖)가 함께
뜀을 뛰기 때문이다

물멍

떠나지 않는 생각 몇 장
물 위에 띄운다

가벼이 털어내고
학이 되면 좋을 텐데

다시 와
윤슬로 뜨는
악처 같은 희망 고문

뭐 묻은 게, 똑같은 개!

스님이 술 마시고 대웅전을 다 태우고
목사가 하느님께 '까불면 죽어' 하고
의사가 환자를 볼모로 제 밥그릇 키우고

부패완판 완장들이 정의의 외침 외면해도
추 없는 판사들이 접시저울 시소를 타도
뼈 없는 호박만 찌르는 검사의 양날 검도

'모두는 아닐 테니 세상은 또 도는 거지'
낮과 밤이 뒤바뀌면 네가 되는 천추의 오류
검붉은 어둠의 입으로 엄중한 피를 삼킨다

미마스(Mimas)*

사상으로 선을 긋고 이념으로 또 두 쪽
눈곱만한 땅 위에 나라님이 넷이다
벌어진 별과 달 사이 유영하는 블랙루머

자전과 공전으로 삶을 엮는 한 공간에
거리는 시간이고 시간은 통증이다
누구든 중심을 놓으면 소멸은 찰나이다

손톱 끝의 가시여도 뽑난 돌부리여도
하찮은 먼지여도 별이며 존재이다
누구나 어느 누군가의 소중한 무엇이다

* 토성의 82개 위성 중 가장 가깝고 작다.

미필적고의
— 시절인연(時節因緣)

고요 바다를 안으러
산사에 오르는 길

내딛는 걸음마다
불안하다, 미안하다

연(緣) 같은
개미허리를

헤치며 가는
뿌리 둘

바다 안개

우문(愚問)이 던져놓은 크고 질긴 하얀 그물
어제라는 멀미에도 오답은 이냥 남아

앙다문 조가비처럼
내일을 말하지 않는다

우리라는 우리 안에 갇힌 줄도 모르고
복선 없는 레일 따라 등이 등을 밀며 간다

키 작은 음향과 영상
연신 터널을 뚫는다

바닷가 그네 위에서

1

파도에서 읽는 것은 부침(浮沈)만이 아니다
변모가 자유로운 미지의 영역으로
쉼 없이 문 두드리며 날갯짓하는 나의 새여!

2

그대여 마음 띄워 부디 멀리 가지 마오!
건너면 아픔 멈추고 다 잊을 것 같아도
앞서간 어느 한 사람도
좋은 소식 없지 않소?

바람에 예의 갖추기

여름엔 깻잎 몇 장
겨울엔 귤껍질

오염된 손가락에
향기를 덧대는 일

미간과
가시 눈빛에
방어막을 치는 거다

세금 내며 몸 축내며 눈치 볼 일 없다 해도
미개인 오명에서 벗어날 수 없는 흡연

바람을
잘 읽어야 한다
아주 작은 배려이다

발인 전야

하얗게 국화처럼
울다가, 또 웃다가

행적을 짚어가는
망자의 누나 곁에

가만히
숨을 줄이고
함께 죄인 되는 밤

발자국

생각마다
행적마다
반듯할 수 있겠는가

감추고픈 혹 하나쯤
없다고 말할 수 있는가

더불어
묻히면 더 좋을
사후에야 얻는 단면

밤, 어달항

무너진 가슴팍으로 낮이 지고 밤이 뜬다

흥청거리던 고기 떼, 인적 끊긴 선착장에

먼바다 울음소리만 위로라며 파고든다

* 어달항 : 강원도 동해시의 작은 항구.

백담계곡 돌탑

돌 하나에 합장 한 번
합장 한 번 돌 하나

씻고 헹군 꿈 한 줄
맑은 물에 띄웁니다

나비가 돌꽃을 업고
바람을 위해 달립니다

흐름에 몸을 맡기고
천년 굴러 닳은 바다

사연은 하늘로 가고
인연만 남습니다

나비는 파도꽃 되고
돌꽃은 나비 됩니다

백복령 비탈밭

1

무게를 먹고 크는 고랭지 채소밭은
귀가 넷인 벗이다, 감은 눈은 하나다
부르면 말없이 달려와 안개처럼 안기는

2

산과 들과 언덕 사이 방정식과 함수 사이
하늘은 하나인데 떠드는 입은 왜 그리 많아
직유는 환유를 업고 땅은 다시 은유를 낳고

보이는 것, 그 뒤!

목가적 풍경 뒤에 고된 노동 숨어 살듯
오감이 모두 행복한 아름다운 해변에도

훔치는
눈물이 있다
모래알이 그렇다

천 년을 수행하고 또 천년을 굴러서
몸 비우고 마음 비워 정토라며 닿은 바다

할퀴며
밟고 때리는
사방이 모두 적이다

봄눈

온 세상 검은 것들 말끔히 뒤덮는 일
누구는 비손하고 누구는 떼를 쓴다

또 일 년
눈(雪)만 같아라!

여백으로 아늑한!

마른 땅 먼지 일고
젖은 강 눈물 언다

좌우도
위아래도
누군가는 품어야 하리

눈(目)으로 눈(雪)을 삼킨다
시리도록 순결한!

불멍

쪼개지 못한 흔적 몇 개
장작 위에 얹는다

다 타고 재가 되어
초기화되면 좋을 텐데

화면 속
오류투성이
젊은 낮이 뜨겁다

비와 참새

품 파는 옆집 사내
오늘 또 공치는 날

강소주
한 병으로 두 끼를 때우겠다

마른 꿈
젖는 방으로
작은 새가 파고든다

빗소리는 나단조

순도 높은 고요 앞에
눈 화살은 없었다

질서나 풍습 따윈
아무렇지 않다는 듯

'나' 음을
으뜸음으로 한
단조의 푸념이다

후렴만 반복하는
시간과 공간에서

의미는 리듬을 잃고
너울 끝에 이는 공명

그 안에
네가 살아가고
울타리 밖에 내가 떤다

빨래방 대화체

때와 때
사이에 앉은
요란한 얼룩들이

섬유 유연제 향 위에 알몸으로 나뒹군다

창가에
차 한 잔을 두고
풀어헤친 물음표

여전히
마침표 없는
생각 하나를 꺼낸다

입술 가린 마스크 안 쿵쿵거리는 눈빛 끝에

빨아도,
여러 번 헹궈도
떠나지 않는 "따옴표"

사월, 왜바람

1

햇살 낮은 심해에서 뜨는 꿈을 손꼽았지
살아도
살아 내도 앉을 수 없는 그네 위에서

하늘은
어떤 얼굴인지 따져 보고 싶었지

2

산발한 생각들이 비닐처럼 난데없다
핼쑥한 가지 끝에 위태로운 꽃봉오리
무거워 날지도 못하는, 돌아가지도 않는…

삼강주막을 읽다

풍문(風聞)으로 휘어진 회화나무 가지마다
윤슬처럼 찬란한 수백 년 아우성을
한 잔 술 하지 않고서 어이 해독 다 할까나

이 고을 저 마을 이런 사연 저런 사유
낯선 억양 물선 갈림길 굽이굽이 휘돌아 와
이고 진 시름 내리고 잠시 쉬는 주막 평상

석양이 코앞인데 가야 하나 묵어야 하나
허기와 갈증 달래려는 하얀 낮달 목젖 뒤로
가마솥 여닫는 소리, 내 집인가 알싸하다

생각이 필요할 땐 동해시로 오세요

선별할 생각 많을 때 동해시로 오세요!
어제를 돌아볼 땐 속 깊은 숲 천천히 걷고
내일을 그려야 할 때는 힘센 바다가 좋겠지요!

몸 낮춘 물길에선 겸허를 다시 읽고
키 높은 나무에선 낮아진 하늘 되새기며
돌부리 풀뿌리 하나도 인연으로 안으세요!

불그레 벙근 내일 꿈줄 같은 빛을 안고
물새처럼 높이 나는 좋은 꿈을 꾸어 봐요
잘 고른 생각들 믿고 마음 끈 다시 묶어 봐요!

서초동을 지나며

오르다 떨어지며 대롱대롱 매달리며
사람도 거미처럼 허공중에 끈을 맨다
사유는 확장 끝에서 어지럽게 길을 낸다

날고뛸 수 없는 것이 추하지 않게 기는 일은
엇비슷 닮은 그릇에 작은 생각을 터는 것
의미로 슬어놓은 알이 무의미로 깨어난다

소녀상 감상법

기모노를 추앙하는
버터 교수
꼴통 고추장

혼에 새긴 적개심 속
미소로 벼린 칼끝 위에

살 뜯어 강 메우고
뼈를 갈아 다리 놓고

용왕님
발작을 한다
생지옥은 원금일 뿐

소녀에서 여인으로
맨발로 건넌 평행 빙의

후지산
불을 뿜는다
아직 갚을 게 남았다

소식이 궁금하시면 솔수펑이로 오세요

바람에 안기거나 빗방울에 업히거나

오신다는 기별 말고 햇살처럼 오세요

마음은 앞서 뛸 테지만 창문 닦고 있을게요

비밀스러운 애칭으로 귀 훑는 건 참으세요

하늘 잃고 마음 묶인 새가 된 지 오래잖아요

키 작은 우체통 안에 안부나 두고 가세요

수성못 일출

2·18 참사에도 코로나19 사태에도
너나없이 힘든 시간을 달구벌은 버텨냈다
서로 손 놓지 않았으니 이내 어둠은 떠났다

왜 하필 대구냐고 하늘에 따져 묻지만
갓바위도 팔공산도 입을 열지 않는다
무심한 물오리 한 마리 거짓말처럼 평온하다

잃은 사람 보낸 사람 마음 끈 다시 동여맨다
물안개 앉았던 자리 웅성거리는 붉은 꿈
어제는 모두 지워진 맑은 기운의 새날이다

순결한 땅 4

가진 대로 대충 차려
안부 한 잔
꿈에 두 잔

딸 같은 이웃 처녀
향 고운 미소 곁으로

노을도 기웃거리는
불씨 없는 시골 마당

숨과 쉼

표 없어도 너머 세상은 방석 의자를 내어줄까

어떻게 살았는지 돌아볼 기력 없고

얼마나
더 가야 하는지

생각하는 게 숨이 차다

시(時)와 시(詩)와 반시(半時)

시답지 않은 또 하루가
달의 반으로 눕는 밤

흑과 백과
선과 악과

어제와
내일이 얽혀

또 다른
숙제 하나로

허청허청
길을 간다

시집을 시집보내고

시집을 시집보낸 뒷마당이 스산하다
대추나무 갈래마다 자디잔 생각들로
열꽃이 피었다 지고 스러지는 애증

이름은 많은데 사람 없는 주소 아래
질문은 넘치는데 대답 없는 번호 위에

'번뇌는 분별에서 온다'
법문(法門)과 법문(法問)
맴을 돈다

시화전을 읽다

잠이 부족했는지 문자들이 코를 곤다

원피스도 넥타이도 그냥 지나는 잔칫날에

머쓱한 시화 액자에서 '詩' 한 알이 떨어진다

시불(詩佛)과 씨불 사이에 턱 괴고 생각에 잠긴

낯빛 식은 글쓴이가 신발 끈을 다시 맨다

바람이 눈치를 채고 풍선 하나를 밀며 온다

식초

어머니의 찬장에는 빙초산이 가장 높았다
양파와 미나리와 물가자미 버무릴 때
억센 뼈 중화시키려 초강력 약을 탔다

산(酸)인지 알칼리인지 분자식을 알 수 없는
시멘트 공장 똥구멍으로 하얀 똥을 쏟아낸다
차창을 닦아내는데 식초를 또 써야 한다

폐기물 전담 처리반 소성로(燒成爐)는 전국구다
청정 계곡 천식 앓는 기침 소리 희뿌옇고
꽃에도 잎채소에도 참 불편한 이웃이다

이사인가 흙집인가 고민 날로 붉어지는데
폐기물로 열 만들고 가루로 두 번 벌어
두어 장 상품권 내민다, 식초나 사라는 듯

아픈 기억 지우는데 너무 애쓰지 마세요

손톱 세워 달려드는
가을 입새 태풍 앞에

지난여름 몸으로 쓴
일기장 잘 묶어 둬요

감염된
파편으로 되레
내가 다치고 말아요

달빛에도 흔들리는 모래알 같은 인연 밭에
발자국 젖은 물빛 다 메우지 마세요

애태워
마를 바람이면
그건 기쁨이 아닌걸요

여름 동창회

초복보다 더 뜨거운
안부의 궤적 끝에

이야기는 산이 되고
한잔 술은 숲이 된다

친구여
좋지 아니한가!

우리라는 관계 그늘

여심, 무리수(無理數)

시작을 묻습니다
끝도 궁금합니다

망설임 없는
물 위에
명제(命題)를 대입합니다

흐름과
멈춤 사이에

루트(root) 2와
파이(π) 같은

* 루트(root) 2 : (√2)=1.414213········

연애와 삼각함수

대상이 많아지면 파이는 작아진다

비교가 많아질수록 잃는 게 훨씬 크다

한쪽이 둔각을 가지면 또 하나는 예각이다

오줌 밭에 개 밥그릇

국사(國史)는 애당초 발바닥에도 없었다
선거 때는 방아깨비 배지 달면 목 디스크
가진 건 왜 그리 많아 집 두 채는 청백리감

회루(悔淚)를 죄로 아는 치외법권 불통 지대
이념도 신의도 없이 게걸음 짝짓기로
말마다 국민을 파는 개소리만 진창인 성(城)

의기(義氣)인 척 거품 폼에 주특기는 패싸움인데
이유는 단 한 가지 오줌 밭에 개 밥그릇
표현은 딱 두 가지뿐 왈왈 장군 멍 멍군

원망은 하지 마세나 우리가 만든 배불뚝이
긁어모은 핏방울로 외유나 하게 놔두세나
언젠간 똥 한 바가지 뒤집어쓸 그날까지

용 두 마 리

남은 숨 위해서는 갖춰야 할 덕목이다
살 목숨 위해서는 꼭 필요한 굴뚝이다
날마다 구름 속에서 두 마리 용이 싸운다

시멘트 하나로는 파이가 너무 작은지
쓰레기 태워 만든 전기로 쌀을 만들고
화학식 궁금한 냄새로 흰밥을 짓는다

바다 죽고 논밭 죽어 모두 떠나는 변방(邊方)에선
모셔야 할 효자이며 받들어야 할 신이다
등 돌릴 이유가 없는 가족이고 이웃이다

굴뚝 먼저 옥죄며 믿음 뿌리 깊이 내리고
벌 떼 같은 환경 단체, 낡은 트집 버려야 한다
상생과 공멸의 문은 연중무휴 열려 있다

우문우답(愚問愚答)

물길에도
산길에도
생각이 따라나선다
하도 다녀 길이 된 걸까
길이 있어 가는 걸까

그 끝은 어디로 갈라져
처음과 다시 만날까

오른들 채우겠는가
엎드린들 비우겠는가
오르면 낮아 보이고
누우면 모두인 길

물음아
어딜 보시는가
빗속에 나(我) 있는데

우물에 두레박 달린 풍경을 본 적 있는가

흙탕물 퍼마시던 먼 나라 어린 입들
펌프 물 쏟아지자 꽃같이 환해진다
달빛에 물 양동이 인 어머니도 뿌옇다

급하면 체할까 봐 버들잎 띄워주며
마중물 된다는 건 생명을 거두는 일
고역(苦域)에 오체투지로 기도하는 두레박

사라진 우물 자리 어머니 앉은 자리
그림은 다르지만 의미는 변함없이
불콰한 이랑을 타고 맵짠 눈물 흐른다

웃음소리

홍래 종석 문규 성수…
도긴개긴 다닥다닥

밀고 당기며 싸우다 웃고
큰 봄을 안고 키우던

같은 반
예순한 송이
살구꽃이 뛰어온다

원고료로 받은 서운암 된장

철마다 '신인' 이라는 알만 까는 출판사는
어미 노릇 고사하고 이름 한 번 안 부른다
지난한 글쟁이 우려 입을 닦는 문예지들

밤을 팔아 지면(誌面) 사고 품삯으로 받는 책 한 권
가야 하나 서야 하나 촛불처럼 몸살 앓다
따라온 영축산 물소리에 아린 속을 갈앉힌다

십육만 도자 대장경 외다 잠든 옹기에서
선농일치(禪農一致) 꿈을 꾸며 불 속에 핀 연(蓮)이여
향 깊은 그대를 좇아 들꽃 다시 일으킨다

유세(有勢) 혹은 유세(遊說)

파랗거나
빨갛거나

싹이나
꼰대나

뒷집 개인지
옆 게인지
묶음으로 나뒹굴다

천둥과
번개를 삼킨 뒤
토해놓는 흙탕물

이 게 저 개 그 모기

갯벌도 아닌 여의도에 게 싸움이 가관이다
밀물 같은 촛불에도 썰물 같은 눈초리에도
눈멀고 말뚝 박힌 귀로 옆길만 찾는 한량들

널린 게 오줌 밭인데 난장에 개판이다
먹여 주고 재워 주고 오냐 오냐 키웠더니
주인도 나 몰라라 하며 목소리만 큰 똥개

지붕은 동그란데 원탁회의 숙의(熟議)는 없다
회의 땐 이를 갈고 회기 중엔 코를 골다
채혈은 들풀에서만 하는 낯 두꺼운 모기들

일제라면 여전히 사족을 못 쓰는 그대에게

어묵보다 '오뎅'이라야 훨씬 더 맛깔나고
고추냉이보다 '와사비'가 더 있어 보이고
'구라'에 혼을 팔고 사는 줏대 낮은 그대들

안 가고 안 산다고 떠든 때가 어제인데
아사히 생맥주에 오픈 런 사태라니
방송도 기업도 나라도 얼빠진 건 마찬가지

엔저라고 몰려가서 '사케'나 마시다 오면
재앙 많아 튼튼히 짓고 실속있게 경차 많은
배움은 언제나 하나 포위당한 껍질들아

입재(入齋)

봄 여름
잊어야지

발자국 메워야지

포행이 끝난 자리
파동들 수북한데

엄중한
고요를 깔고
동안거에 든 스님

자박(子縛) 혹은 자박(自縛)

생각 앓는 어깨 위로 솔 이파리 떨어진다
날개를 원하는가 발 있으면 멀어진다

말없이 가부좌 튼 채
귀만 세운 너럭바위

바람 잃은 바다 위에 구름 가듯 새가 난다
물 밖 세상 원하는가 해금(解禁)은 곧 무덤이다

가두리 양식장에서는
종속만이 쉼이다

* 자박(子縛) : 번뇌가 몸을 얽어매는 일.
* 자박(自縛) : 자기 스스로 자신을 옭아 묶음.

잠 못 드는 밤 별은 쌓이고

실크로드 차마고도 험한 길을 따라가다
끝없이 솟구치는 어지러운 생각 사다리
자판과 손가락 사이 여백 위를 내달린다

버림받은 문자들이 널브러진 행간 위에
한 무리 말뭉치가 은하수로 선회한다
낚싯대 접을 수 없는 짜릿하고 굵은 손맛

등 돌리면 애걸해도 오지 않는 강물처럼
우주의 별 모두 세다 외려 별이 되는 밤
목동은 양 떼를 이끌고 다시 아침을 친다

장례식장 들새

하늘로 가는 문은 좁고 긴 미로 같아서
눈물로 넘친 강에 배를 띄울 수 없는지
거뭇빛 날개를 타고 또 한 사람 길을 간다

몇 개의 별 거쳐야만 안식처에 가 닿을까
굽잇길 고개턱마다 뒤돌아보지 않을까
하늘 끝 점점한 들새들 대답 없이 멀어진다

임아 그 강 다 건너서 무념무상 되시거든
아픔 많은 이 땅에 행여 다시 올 생각 마오
손 닿는 별들을 닦아 맑은 빛이나 뿌려주오!

재래시장

누군가의 믿음으로
곁불로 버틴 터전

공룡 마트에 빼앗기고
홈쇼핑에 다시 잃고

손님도
기온도 떨어진

시장은 지금
어둑새벽

전봇대 시인 학교

합평 마친 참새들
호불호로 갈라지고

읽고 또 읽던 까마귀
뒷머리를 긁적인다

까치가
밑줄 긋고 간

구름 칠판
한 줄 시

정상(定常)과 정상(頂上)

등성이 없는 산 있는가
등마루 없는 척추 있는가
날 푸른 장검 끝에 몸 낮춘 7부 능선
들풀은 오간 데 없이 용궁(龍宮)만 홀로 붉다

하나같은 줄기 안에 만 갈래 혈관마다
핵관이라는 유전자가 제 몸집을 키워간다
일출도 일몰도 멈추는 비정상의 꼭대기

산은 숲을 위해 나무를 키워 가고
나무는 산을 위해 잔뿌리를 내린다
정상(定常)이 정상(頂上)을 누릴 때
산은 깊고 고요하다

쪽잠

사내만큼 분주히 사는 여인이 코를 곤다

까치발로 볼일 보고 물을 내리지 못한다

우아한 노년의 꿈은 멀고 깊고 차갑다

천 번을 생각해도 대를 잇지 못할 가업

검붉은 절규를 쏟다 아들이 떠난 그 밤

휑한 눈 오래 뜨지 않는 낡고 작은 형광등

창조와 진화 사이

바람으로 구도 잡고
빗물로 틈 벌리고

삼라만상을 조각한 이는
굳이 칼을 쓰지 않지

찰나와
영원을 오가며
생각만 더했다 뺄 뿐!

추암 일출

주인공은 붉지 않다
노랗거나 새하얗다

무대 뒤의 조연들이 마음 태워 밝힌 무대

첫새벽
레드카펫 위로
기도 하나 걸어온다

칼과 GUM

용 떠난 용궁 아래 기름 냄새 홍건한데
풍수인지 법사인지 깊고 옳은 고집인지
볼 수도 읽을 수도 없는 미로 같은 해저터널

껌 좀 씹는 물새들이 새벽을 털어 널자
날 푸른 검(檢)을 세워 풀죽은 양을 쫓던
몇 마리 개들이 모여 애먼 정적을 뜯는다

불의에만 검(劍)을 쓸 때 빛을 잃지 않는다
도돌이표 붉은 칼춤 어퍼컷으로 잠재우고
진정한 용왕님 되어 고요 바다 이루소서

풀잎 칼

탐욕이 낳고 길러온 비정상의 색깔들아
나는 심장을 태우리니 너는 불로 눌러 다오
서초 꽃 광화문 성조기 동서남북 부조화 벽

적고 작은 말무리 안에 피아로 선을 그은
텅텅 빈 머리통과 동동 뜨는 헛바닥에
꺾이고 부러진 역사로 갈앉지도 않겠지만

누군가는 차가운 틀에 기도가 된 뼈를 갈고
강이 되고 바다가 될 눈물과 쇳물을 엮어
다시는 밟히지 않을 칼 한 자루 벼린다

풍경(風磬) 혹은 풍경(諷經)

아직은 다 떼지 못한 외할머니 살냄새에
봇물 터진 속울음 억누르지 못합니다

젖은 몸
갈라진 소리로 경전을 외는 동자승

바람 심한 날에는 바람도 더 부푸는지
온갖 생떼를 쓰며 손을 잡아 이끕니다

바다에 데려다 달라고
하도 울어
뜬 고기

풍경(風磬), 뜬다

물음표와 느낌표가 격론을 벌이는 소리

허기와 오한이 볼과 볼을 비비는 소리

촉촉이 젖은 등 뒤에 매달리는 휘파람

하마 잊힌 당신께

가물가물한 인연 하나
안부로 뜬 밤하늘에

깨알 같은 손 편지 글
물빛으로 춤춥니다

멀어서 갈 수는 없지만
늘 보고 있다고

달 지나 별을 건너
마음 도착한 꽃밭에

여전히 애벌레로
잠을 자는 아기 천사

눈 뜨면 눈물 읽힐까 봐
날숨 애써 누릅니다

* 1941년 추석에 오셨다가 2020년 설날에 가신 어머니께.

하얀 눈썹

마스크로 마스크 반을 가린
향기 고운 그 여인

눈빛은 여름인데 머리칼이 겨울이다. 댓바람에 산을 넘은 내 눈썹 때문인가,
석양이라는 외길을 함께 걷는 동질감인가, 바빠서 울 시간도 없다는 여인이 안쓰럽다.
꿈은 늘 두 발 먼저 '메롱' 하면서 달아나고 바란 적 없는 굴레가 예외 없다며 재촉한다.

백미(百媚)는 인제부터인데
백미(白眉)가 반칙을 한다.

화성성역의궤(華城城役儀軌)

그새 다
잊었는가

성수대교
삼풍백화점

와우 닭장 대를 잇는

무뼈 기둥
순살 지붕

뇌 없는
닭대가리들아
화성에서 배워라

* 조선 정조 재위 18년(1794) 1월부터 20년(1796)
8월까지 총 2년 8개월간 수원화성을 축성하며
그 건설 과정 및 기타 제반 사항들을 모두 글과
그림으로 기록하여 남긴 조선왕실의궤.
화성성역의궤 는 수원화성 이 유네스코
세계유산으로 등록되어 전세계인의 문화 가치
자산이 되는데 1등 공신이 되었다.

화장실에 두세요!

앞만 보지 말라고 시집 한 권을 건넨다
몇 줄이나 훑어볼까, 받는 표정이 묘하다
돈 주고 사서 읽어야 귀한 대접 받을 텐데

창가에 바투 앉아 책장을 넘기는 여유
녹록지 않은 삶에 배부른 일탈일까
손안에 세상 다 있는데 심심한 사치일까

길 없는 하늘 아래 말라버린 사유의 마당
서로에게 위로가 되어 데워지면 좋겠는데
참 웃픈 기도 같은 말 "화장실에 두세요!"

회전교차로

음력엔 귀 큰 분이
자비로운 향기를 풀고

양력엔 코 긴 분이   꽃비로 길을 닦고
사랑으로 온기를 풀고   첫눈을 기다린다

기도는 잰걸음으로   눈치 없이 뒤엉키는
돌고 돌아   왜바람도 착한 바람도
그 자리

                          고장 난 시곗바늘 같은

                          희망 한 줄
                          절망 한 줄

8번 여인

마트 개점 직전 시각은 눈 돌릴 틈이 없다
유통기한 확인하고 각 잡고 쓸고 닦고
숨이 턱, 멈출 것 같은 긴장감이 엄중하다

진열 마친 빈 상자 끌고 밖으로 향하는데
"수고하셨습니다", '솔' 톤의 감미로운 목소리
사장도 관리자도 아닌 8번 계산대 그 여인

사무적인 기계음과 느끼한 일상에 질려
무진이나 영웅이를 좋아하는 아줌마들처럼
아침에 음성만 들어도 온종일 기분 좋은 사람

막냇동생보단 적고 아들보단 많은 나이
애인도 며느리도 아닌 아깝다, 저 눈웃음
공짜로 얻은 기운만큼 예쁜 날들을 빌어 본다

SNS 조리사

한글이라는 한 재료에 레시피는 서로 달라
섞어찌개는 맹탕이고 밑반찬은 어이없다
라면에 물도 못 맞추는 자격 없는 조리사들

그리움이 어쩌고, 사랑 어쩌고저쩌고
꿀 묻히고 향수 뿌려 공짜라고 차린 밥상
발정 난 고양이들만 야금야금 핥고 간다

'좋아요'가 좋아서 '멋져요'에 신이 나서
번뇌 없는 에너지로 갓 구한 '증'을 흔드는
정식과 간식 사이의 시다 쓰다 아픈 詩!

귀뚜라미 사랑법

김영철 작사
김영철 작곡

태풍막 떠나간 밤
이생과 저생사 이

콧 — 소리노랫소 — 리
눈 물찍어손흔들 — 며

풀잎에 나란히앉 아
한 승 역 플랫폼에 서

한장한장쌓아가 는
또다음을기약하 는

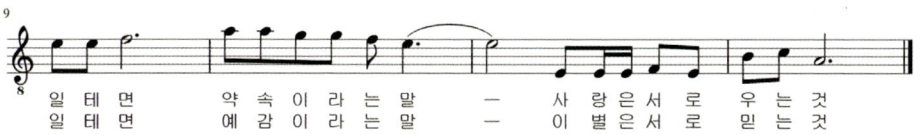

일 테면 약속이라는말 — 사랑은서로 우 는 것
일 테면 예감이라는말 — 이별은서로 믿 는 것

* 계절과 계절 사이에 쓰러진 사랑이
슬픈 노래를 부른다.
태풍급 운명이었거나
풀잎 이슬 같은 인연이었거나
누군가의 전부였거나, 먼지였거나
이별은 언제나 서럽다.
그래서 또 약속을 하고
다시 만날 것처럼 손을 흔든다.
무서리가 내리면
너도 없고 나 또한 없을 텐데.

수평선 여인

김영철 작사
김영철 작곡

성이며 도시였 고 임이자 남이었 고

닿을듯 닿을수없 는 너무먼당 신이기에 — —

다 잊고 지내는데 왜 자 꾸만부르십니 까

갈매기 배달부 에 손편지라 도 — 전해오 면

한 며칠 뗏목을타고 노를저어오신다면 해 당화 솟은담뒤 로 —

— 숨 지는않을래요 나의여인수평선여 인

* 잡힐 듯 잡히지 않는 게 빛이요, 사랑이다.
수평선 끝에 사는 나의 여인은 그래서 神이다.
좌절을 털고 일어서라고 희망의 노래를
속삭이는 오래된 연인이다.
길 아닌 길로 들어서지 않고 묵묵히
때를 기다리다 보면 언젠가는 파도를 타고
조용히 내 곁에 오지 않겠는가.
빛 그리고 사랑.

116

저녁상 차려놓고 출근한 여인에게

김영철 작사
김영철 작곡

우 — 우 우 우 우 — 우 우 우 우 우 우 —

우 — 우 — 우 — 우

화장 하고 차려 입고 놀러 가는것 — 아 닌 데
어쩌면 더 오랫 동안 빈자리에 — 아 플 당 신

아무렇게 나 — 때 울가 봐 잘 차려놓은 밥상앞 에
강아지 나 — 고 양이라 도 띠 동 — 갑 — 연하라 도

육 중한저인망그 — 물이 — 그림자를밀며온다 오
혼 자가아니길바 — 라오 — 내가사랑한그 — 대 여

너 도 — 없 고 나 도없 이 마 주보는의 자사 이
단 조 의 — 음 악이 나 느 린노랜틀지마 오

지 낸날과남은날 이 국 물없는김밥처 — 럼
다 시만날믿음으 로 깊 이돌아보지마 — 오

따 가운 가 루눈되 어 명 치끝에굴러다니 오
누 구든 혼 자안남 게 두 손가만히모아보 오

117